Cuentos en el Día del Libro · 16

El Pensador · 2024

**Premio de relato corto de la
Universidad de Las Palmas de Gran Canaria**

Raúl Quesada Cabrera
Irene María Sánchez Sánchez
Irene Rodríguez Rodríguez

ULPGC
Universidad de
Las Palmas de
Gran Canaria

Servicio de
Publicaciones y
Difusión Científica

2025

Cuentos en el Día del Libro · 16

El Pensador · 2024

Premio de relato corto de la Universidad de Las Palmas de Gran Canaria

PREMIO RELATO CORTO EL PENSADOR (5º. 2024. Las Palmas de Gran Canaria)

El Pensador 2024 : Premio de relato corto de la Universidad de Las Palmas de Gran Canaria / Raúl Quesada Cabrera, Irene María Sánchez Sánchez, Irene Rodríguez Rodríguez. -- Las Palmas de Gran Canaria : Universidad de Las Palmas de Gran Canaria, Servicio de Publicaciones y Difusión Científica, 2025

36 p. ; 22 cm. – (Cuentos en el día del libro; 16)

ISBN 978-84-9042-565-7

I. Quesada Cabrera, Raúl, coaut. II. Sánchez Sánhez, Irene María, coaut. III. Rodríguez Rodriguez, Irene IV. Universidad de Las Palmas de Gran Canaria, ed. V. Título VI. Serie

821.134.2-32

Thema: FBA, FYB, 2ADS

Dirección de la colección: José Miguel Álamo Mendoza

Coordinación del n.º 16: Juana Rosa Suárez Robaina

© de los textos:
Raúl Quesada Cabrera
Irene María Sánchez Sánchez
Irene Rodríguez Rodríguez
VICERRECTORADO DE CULTURA, DEPORTE Y SOCIEDAD

© de la edición:
UNIVERSIDAD DE LAS PALMAS DE GRAN CANARIA
SERVICIO DE PUBLICACIONES Y DIFUSIÓN CIENTÍFICA

Primera edición. Las Palmas de Gran Canaria, 2025

ISBN: 978-84-9042-565-7
Depósito Legal: GC 175-2025

Maquetación y diseño:
Servicio de Publicaciones y Difusión Científica de la ULPGC

Impresión: Daute Diseño, S.L.

Impreso en España. *Printed in Spain*

Índice

Presentación

Esta edición de *El Pensador* recoge los relatos ganadores y finalistas del V Premio de Relato Corto convocado por la Biblioteca Universitaria y el Vicerrectorado de Cultura, Deporte y Activación Social de los Campus en el año 2024, contando con la colaboración del Servicio de Publicaciones y Difusión Científica para su edición en papel. Se trata de un certamen anual al que puede concurrir cualquier persona perteneciente a la comunidad universitaria de la ULPGC.

A la convocatoria se han presentado un total de 70 relatos, con gran variedad de temáticas, recursos literarios y estilos, reflejando la diversidad existente dentro de la comunidad universitaria.

El primer premio fue para Raúl Quesada Cabrera, por el relato *Ma*, y el segundo para Irene Sánchez Sánchez por *Veintiún segundos*. También se concedió un accésit a Irene Rodríguez Rodríguez, por *Sabiduría en sobres*. A todos ellos les damos la enhorabuena.

La publicación de los relatos se realiza en esta edición en papel, en el marco de la colección Cuentos en el Día del Libro. Y también en formato digital en el repositorio SUdocument@. Con ello se quiere contribuir al estímulo de nuevos escritores, ya que en muchos casos supone la publicación de su primera obra.

La Biblioteca Universitaria se reafirma en la continuidad de este certamen entendiendo los relatos como vía de expresión de la creatividad, pero también para el conocimiento y comprensión de otras realidades y el acercamiento entre las personas que comparten nuestro entorno universitario.

"Los cuentos bonitos siempre hacen perder la noción del tiempo y, gracias a ellos, nos salvamos del agobio de lo práctico." Carmen Martín Gaite.

Raúl Quesada Cabrera

Ma

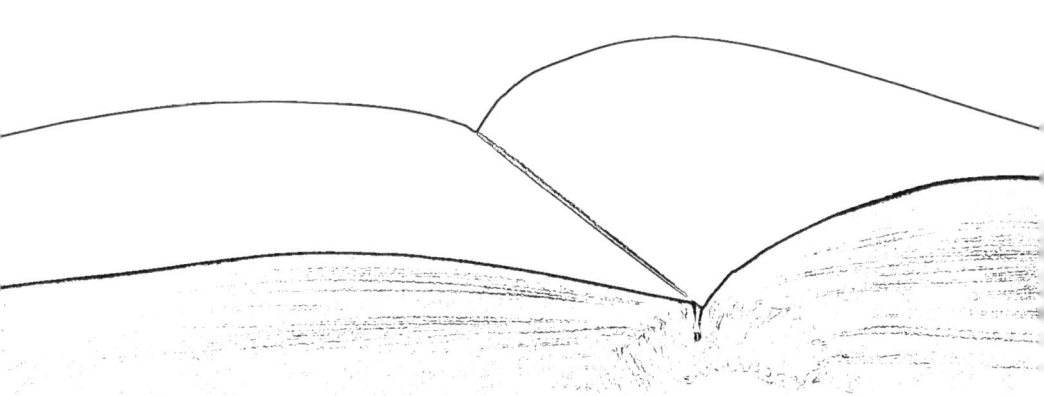

Ma

Con la luz del amanecer atravesando el resquicio de la puerta, Nakayama Kenshi estudia las líneas verticales de su escultura de hierro forjado. Su humilde trazado del *Ma* parece contener los sutiles movimientos en el silencio que esconden las formas angulares de su estructura. En cuanto al espacio vacío que encierran, sin embargo, el joven escultor sigue indeciso. Sus dedos repasan nerviosos cada arista, cada ángulo forzado del frío metal. Con el tiempo, el vacío crece. Kenshi acepta reverente la imperfección de su obra, pero persiste en su búsqueda incansable de la forja del tiempo y el espacio. Contempla durante horas su quietud inquebrantable con ojos de un gris lustroso. Rectifica sus estados de oxidación mientras resuena en su cabeza el martilleo incesante de sus pensamientos. Con los años perfecciona su técnica, aprende a moldear el aire que dibuja tirabuzones en las oquedades de la figura. Se enamora bajo las ramas teñidas de un rosado pálido en primavera, y tiene un hijo con ojos de un rojizo herrumbroso. Llega el ocaso, y el tiempo esculpe su piel agrietada y oxida su cabello azabache. Entiende que el espacio vacío encerrado entre esas barras es interminable y fluye como el caudal de un río. Y ríe, y ríen con él las arrugas de su rostro y revuelve su cabello de un gris lustroso. Pasea por los prados sonrosados del cerezo en flor, con la dulce mirada de un niño de ojos solares. Con los años perfecciona su técnica, aprende a dibujar el aire enrizado en las oquedades de la escultura. Corrige las manchas de óxido de sus pensamientos mientras resuena en su cabeza aquel tintineo constante. Admira durante horas su inalterable calma bajo el rojizo herrumbroso. Con el tiempo, el espacio crece. Kenshi acepta reverente la imperfección de su vida, pero persiste en su búsqueda inagotable de la forja del vacío y el tiempo. Sus manos repasan seguras cada vértice, cada curva forzada del metal caliente. En cuanto al tiempo perdido que encierran, sin embargo, el viejo escultor sigue indeciso. Su noble trazado del *Ma* parece contener los gráciles movimientos en el espacio vacío que esconden las formas obtusas de su obra. Y así, Nakayama Kenshi estudia las líneas verticales de su escultura de hierro forjado, con la luz del atardecer atravesando el resquicio de la puerta.

Irene María Sánchez Sánchez

Veintiún segundos

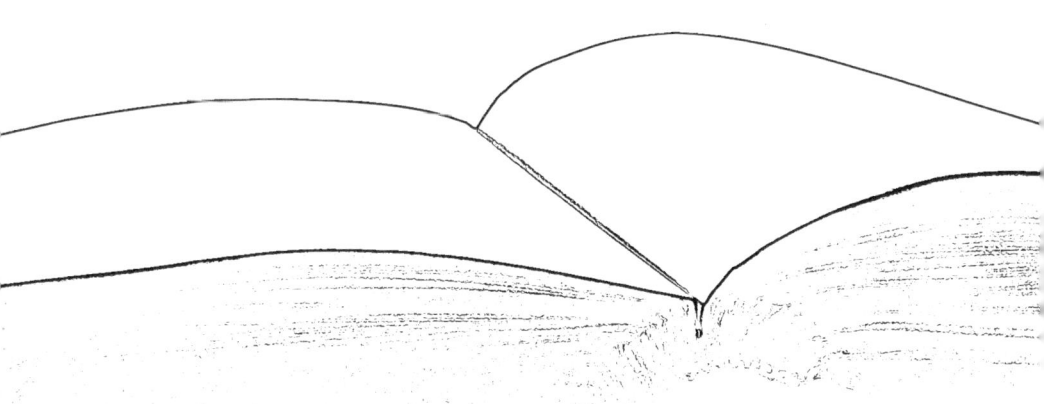

Veintiún segundos

LA ESPERA

—Amor. —dice Mariela con un tono que navega entre la extrañeza y la confusión— Amor, mira.

Sergio no escucha. Está ensimismado mirando atentamente la cópula de los leones que se muestra en una pequeña televisión colgada de una esquina de la sala de espera de la clínica privada de reproducción asistida. El plácido ambiente con olor a polvos de talco contrasta con la violencia animal de la pantalla: el león monta a la leona, un rugido retumba en la planicie de la sabana, seguido de una potente mordida que inmoviliza a la leona. Ella se deja penetrar, varias veces. Amaga un alarido prácticamente imperceptible. El león cultiva su poder en el vientre de la leona. La desgarra con su pene espinado. La fertiliza. Vuelve a rugir y la sabana vuelve a retumbar. El líder de la manada se va. La leona queda, inerte. Se recompone. Se va.

—Escúchame, amor. —Mariela agarra a Sergio del brazo y lo zarandea hasta que sale del trance.

—Veintiún segundos.

—¿Qué dices? —pregunta Mariela extrañada.

—Eso es todo lo que necesita un león. Veintiún segundos, un mordisco y un par de rugidos.

—¿Veintiún segundos para qué?

—Pues para qué va a ser, para dejar a la leona preñada. Yo duro más y no lo consigo.

—Pero qué estupideces dices. Mira esto. —Mariela acerca su teléfono a Sergio para enseñarle el contenido que está leyendo— Mira esta noticia.

—"Presunta agresión sexual en un vuelo Buenos Aires-Madrid". —Lee rápidamente en voz baja.

—¿Te acuerdas del vuelo de vuelta del viaje de novios? —interroga Mariela.

—Sí, claro. Como para olvidarlo. Aquel terrible vuelo en el que estuve embutido como una salchicha en el asiento del medio y tú tenías todo el espacio porque habías leído en no sé dónde que estar muchas horas en un asiento de dimensiones reducidas perjudicaba al suelo pélvico y eso te impedía quedarte embarazada.

—Eso te lo acabas de inventar. —Mariela insiste en la noticia— ¿Te acuerdas de la chica que…? Bueno… la que volvió de la parte trasera del avión con ese hombre al otro lado… en fin, la que volvió como si hubiera visto a un marciano o al fantasma de su abuelo. Parecía que estaba como en shock. Muy tiesa, disociada, con la mirada perdida…

—Mmm, me quiere sonar, pero no mucho la verdad. ¿Qué pasa con esa chica?

QUERIDO DIARIO

Hacía como dos o tres horas, quizás cuatro, que habíamos despegado. Habían terminado de recoger las bandejas de la cena. Pronto atenuaron las luces. La gente se disponía a dormir. Alguna que otra persona estaba todavía despierta, pero casi todo el mundo prefería dormir. Era la madrugada en horario local. Un ambiente de cansancio y sueño recorría los pasillos. Yo también quería dormir, para evitar tener mucho *jetlag* al día siguiente, pero el hombre de al lado mío me tenía entretenida con una conversación propia de una primera cita. Está claro que Tinder no sirve de nada. Al final, la vieja usanza prevalece. Ahora no hago más que revivir la conversación. Vuelvo a imaginarme la escena, una y otra vez, con pelos y señales. Analizo cada una de mis palabras, mis movimientos, mis gestos y mis pensamientos. ¿Qué pasó realmente? Lo he contado y recontado al menos tres o cuatro veces.

¿Cuántas veces más? Quién sabe. Querido diario: aquí va, por enésima vez:

—Así que vives sola—dijo con cierto alivio.

—Sí. Bueno, tengo un gato. —añadí.

—Mira tú, un gato.

—Sí. Un gato. —repetí sin saber muy bien cómo continuar la conversación.

—Y… ¿Quién lo está cuidando ahora?

—Mi vecina. Una señora mayor, viuda, que no sabe qué hacer con su vida y se dedica a ayudar a los demás. Para sentirse útil, dice ella.

—Ah ¡qué maja! —exclamó y, tras varios segundos sonriendo ampliamente en los que me pude ver reflejada en la blancura de sus perfectos dientes de ortodoncia, añadió— Pensé quizás que, no sé… a lo mejor te lo estaba cuidando algún amigo íntimo, o un novio… o follamigo, no sé… eso se estila ahora mucho ¿no?

Sus palabras succionaron el oxígeno que me rodeaba, dejándome sin respiración, algo desconcertada. Veía cada vez más claro que este hombre no se andaba con chiquitas, en el sentido figurado de la expresión, porque a mí quizás me sacaba unos quince años. Me miraba insistentemente, esperando una respuesta que diera luz verde a sus insinuaciones.

—No. No tengo ni amigo íntimo, ni novio, ni follamigo, ni ninguna otra categoría moderna para los de vuestra generación. —aclaré— Vivo sola con un gato que rescaté de la calle.

Su sonrisa se amplió aún más, marcando una perfecta curva como la de una rodaja de sandía. Por primera vez en muchos minutos apartó la mirada de mi cara. Dejé de sentirme observada para convertirme yo en la observadora. Me fijé en su casi imperceptible movimiento de cabeza. El corto flequillo ligeramente canoso le bailaba sobre la tersa frente. Su pelo era sorprendentemente espeso. Tenía una melena frondosa, como la de un león. No había indicios de incipiente calvicie. Parecía como si el tiempo se hubiera detenido en su cuerpo. Su rostro, algo moreno, no tenía ni una sola arruga. Inconscientemente, deslicé mis dedos por mi frente por la que el estrés había dejado su huella. Luego, por las patas de gallo y las prominentes ojeras consecuencia de la falta de sueño. Me di cuenta de que había vuelto a mirarme. Intenté disimular que me avergonzaba de mis arrugas. Esbocé una pequeña sonrisa que se me antojó una mueca extraña. No sé qué me salió. Seguro que mi careto parecía un *meme*. Me sentí incómoda. Otra vez observada. Más que observada. Me sentí radiografiada. Como si quisiera adivinarme el alma. Me penetraba los ojos. Sus pupilas se convirtieron en espejos: en ellos me veía a mí, mirándole a él, que me miraba a mí. Un círculo vicioso.

—Tienes unos ojos muy bonitos. —rompió el silencio abruptamente. Me pilló desprevenida. Traté de recomponerme.

—Son como dos… esmeraldas.

Vaya piropo. Me sonrojé, claro. Intenté que no se notara, pero las mejillas me ardían. Estaban al rojo vivo. Exhalé un "gracias" que se deshizo en el humo que emanaba de mis pómulos.

—No es común tener los ojos verdes —continuó— y, con ese pelo negro, resaltan mucho. Me sentí como un volcán a punto de entrar en erupción.

—Muchas gracias. —alcancé a balbucear— Es teñido. Mi pelo es algo más claro, pero quise probar algo diferente. Año nuevo vida nueva, como quien dice.

—Pues te queda muy bien. Te favorece.

Dejamos de mirarnos al mismo tiempo. Desviamos nuestra atención a las pantallas del asiento de enfrente, esperando que alguno de los dos retomase la conversación. Quería volver a mirarlo. Era un hombre atractivo. Parecía amable y respetuoso. Quería dormir también. Debía intentar dormir. Estaba muy cansada, pero no podía. El cerebro me iba a mil por hora. El magma se fraguaba en mi interior. Los terremotos en mi vientre vaticinaban una erupción inminente. "¿Qué estará pensando de mí?" me preguntaba. De pronto, me percaté. Sentí que me caía un jarro de agua tan fría que, al entrar en contacto con el magma, formó alguna que otra roca ígnea con la que me atragantaba: "Se ha dado cuenta. Me ha visto las arrugas".

—Ufff, qué pequeños son estos asientos. —dijo de repente.

Su queja me arrancó de cuajo mis inseguridades. Lo volví a mirar y amagué una sonrisa de "estoy de acuerdo contigo". Pensé: "es realmente atractivo". Me fijé en sus piernas embutidas en unos pantalones vaqueros de color azul marino. Eran largas. Parecían musculosas. Sus rodillas acariciaban el asiento delantero. Me dio la sensación de que, si hubiera podido, habría esparcido sus piernas colonizando el asiento colindante. *Manspreading* se llama ahora. Pero no lo hizo. Se contuvo, o se venía conteniendo. ¿Cuánto tardarían sus genitales en demandar el espacio que consideran de su propiedad? Me dispuse a continuar la conversación:

—Sí, para gente tan…

No había terminado de decir mi frase cuando se acercó a mí, extendiendo su corpulento torso a través del pasillo y me preguntó en voz baja:

—Oye, ¿te apetece pasear un poco por el avión? Estirar las piernas y eso.

Asentí. No me lo pensé. Me despojé de todo lo que llevaba encima de las piernas. Guardé el móvil en un bolsillo interior de la mochila que llevaba debajo del asiento, me calcé e intenté arreglarme la coleta que colgaba algo torcida por el aplastamiento contra la cabecera del asiento. Caminé tras él, que se giraba para mirarme cada dos o tres filas de asientos. Sentados detrás de mí había un hombre que no cabía, tratando de acomodar a su pareja que demandaba espacio y confort. Ella me recordó al cuento *La princesa y el guisante*. Los demás, dormían. Algunas personas roncaban, otras respiraban hondo. Había quienes, como bichos palo camuflándose, se mantenían inmóviles en sus asientos, y quienes, como contorsionistas de circo, se torcían en nudos imposibles. Cuando nos acercábamos al final del avión exclamó:

—Joder, el avión vacío atrás y nosotros como sardinas allí en medio. —mirándome intensamente me propuso— Podríamos cambiarnos de sitio, estaríamos más cómodos aquí.

—Bueno… —contesté dubitativa.

No pude evitar fijarme en las vistas. Eran espectaculares. A lo lejos se atisbaba una masa iluminada con un tajante corte y luego la nada. Donde termina Brasil para empezar el Océano Atlántico. Me acerqué a mirar mejor por la ventanilla. Las estrellas como pequeñas perlas centelleaban en la oscuridad de una noche sin luna. Me preguntaba cuántos millones de años hace que esas estrellas ya no resplandecían en el universo. Me imaginaba la cantidad de vida sentiente e inteligente que viajaba por la inmensidad del espacio, de galaxia en galaxia, a una velocidad indescriptible. ¿Algún día llegarán a la Tierra? Ojalá que sí.

De pronto, sentí una cercanía, un olor a mar, a viento fresco. La puerta trasera del avión se había abierto y el oleaje nocturno nos engullía, fantaseé. Pero no, la puerta no se había abierto y el mar no deleitaba sus papilas gustativas con la artificialidad de la aeronave y lo orgánico de nuestros cuerpos endebles. Era un calor humano, un perfume embriagante. El corazón me latía aceleradamente. Lo adiviné acariciando mi cuello, mi nuca, hasta enredar sus dedos en mi pelo como agujas de ganchillo. Me quedé helada. Sin respiración. Sus labios rosados acariciaron los míos. Su aliento intoxicó con dióxido de carbono mis pulmones vacíos. Me besó. Dejé que me besara. Debo confesar que me gustó. Esto es importante. Aporta credibilidad a mi testimonio, dicen, pero también un arma de doble filo.

Sentí abejas entre las piernas que volaban para reunirse en el nectario. Estimulaban la glándula y el dulce torrente fluía. Sentí cómo su lengua se abrazaba con la mía. Entre nuestros dientes bailaban un tango bien juntitas. La saliva rezumaba de nuestras bocas. Sus besos se convirtieron en itinerantes, descendiendo por mi cuello para ascender a mi oreja izquierda. La lamió, la besó, la mordió y yo me estremecía cada vez más. Me susurró:

—Vamos al baño.

—¿Qué? —Pregunté sorprendida mientras él ronroneaba ladino.

—Vamos. Que ahora no nos ve nadie.

Tiró de mí. No sé cómo conseguí salir de la fila de asientos sin romperme una pierna o darme de bruces contra el reposabrazos. Me introdujo en el pequeño y apestoso cubículo. Apenas cabíamos. Su espalda protegía la puerta como un portero de discoteca. Me dio la vuelta. Me volvió a besar el cuello. Yo solo veía la pared beige del baño, el váter entre mis piernas, el botón azul que dice "flush". Me agarró fuertemente de la coleta forzando que mi cuello se arqueara hacia atrás. De refilón pude vernos reflejados en el espejo. Parecía un depredador y yo su presa. Él león y yo su cebra. Bruscamente dobló mi cuerpo hacia delante. Noté cómo me bajaba los pantalones de chándal que llevaba. Apartó las bragas hacia un lado. Deslizó sus dedos en mi vagina que ahora me parecían cuchillos. Procedió a penetrarme con brío. Sentí que me desgarraba por dentro, pero no hice nada. No grité, no lloré, no me defendí. No hice nada. Esto también es importante. Dicen que aporta credibilidad a mi testimonio, pero cuidado, porque es un arma de doble filo. Los poco segundos de alivio que sentí, en lo que tardó en desabrocharse los pantalones y bajarse levemente los calzoncillos, fueron interrumpidos por una embestida que me atravesó como una lanza. Veintiún segundos tardó. Los conté. Veintiún segundos tardó en correrse dentro y destrozar una vida. Esto no es importante. Dicen que la eyaculación precoz no es relevante, pero yo no me refería a eso. Entre jadeos le escuché susurrar:

—Qué buena estás. —estrujaba mis glúteos con sus diabólicas manazas— Qué culo tienes. Y esto — restregando su pegajoso semen por mi vagina y mi vulva, como firmando una obra de arte— esto es lo mejor.

Poseída por una fuerza sobrenatural, me subí los pantalones y le pedí que saliera, que necesitaba hacer pis. Le cerré la puerta en las narices. Me limpié como pude. Me senté sobre la tapa del váter y sentí cómo una ola me comía y me arrastraba a las profundidades del océano. Quizás ahora sí que se había abierto la puerta trasera del avión y el agua nos devoraba. Deseé que así fuera porque no podía respirar. Sentía que me ahogaba. Todo en mí olía a mar, a sal, a putrefacción. Flotando, inerte, en las profundidades del océano Atlántico deseaba que un tiburón me arrancara el vientre de un mordisco y que mis restos desaparecieran en el vaivén de las olas.

Es él

—Pues que creo que es ella. Mira lo que dice la noticia: "Pasajera alega haber sufrido una agresión sexual durante el vuelo Buenos Aires-Madrid de Aerolíneas Argentinas el pasado mes de julio. La compañía aérea ha asegurado que la tripulación de cabina desconocía los hechos".

Mariela desliza la página con el dedo y continúa leyendo en voz alta:

—"Al haberse cometido en espacio aéreo internacional, las dependencias policiales madrileñas arguyen que el caso no entra en su jurisdicción, sino que es responsabilidad del país de origen de la aerolínea, según se estipula en la Convención de Chicago. La jurisprudencia argentina condena los hechos, pero sostiene que debe ser el Estado español quien se encargue de las diligencias, lo que ha causado demoras en…"

—Bah, seguro que es mentira. La tía se arrepiente de ello y ahora intenta culpar al tío. —Mariela abre la boca de par en par. La sorpresa empieza a desgarrar la comisura de sus labios.

—Pero ¿qué dices? Si se llevó todas sus cosas y se fue a la parte trasera del avión.

—Eso es circunstancial. No es prueba de nada.

Por el altavoz se escucha "Mariela Navarro, consulta 4, por favor". La pareja se levanta y se dirige a la habitación numerada con un cuatro, al final del pasillo. La puerta está entreabierta y de ella sale un hombre alto, corpulento, de largas y musculosas piernas y arropado por una limpísima bata blanca. Peina su abundante melena, algo canosa, con sus fuertes y firmes dedos mientras sonríe con amabilidad al matrimonio. Es un médico diferente al que habían tenido hasta entonces. "Está sustituyendo al Dr. Carrasco que está de vacaciones en Punta Cana", les había dicho la recepcionista al llegar. Mariela se frena en seco en mitad del pasillo. La incredulidad se apodera de ella. Sergio se percata de que su mujer no camina a su lado. Retrocede y la agarra del brazo. Mariela se desprende del amarre. "Es él" dice para sí. Sergio la abraza por la cintura:

—¿Estás bien?

Mariela no contesta. Tiembla ligeramente, como una hoja mecida por el viento otoñal.

—Amor ¿Estás bien? Estás un poco pálida.

Mariela traga saliva, respira hondo. Deja que sus deseos de ser madre sobrevengan todo pensamiento. "Solo van a implantar en mí el óvulo fertilizado", se dice a sí misma. "No vas a estar sola", se reconforta. El doctor, que se ha ido acercando a la pareja lentamente con sus manos resguardadas en los bolsillos del pantalón vaquero de color azul marino, saluda formalmente a Sergio, quien devuelve el apretón con confianza.

—El futuro padre de la criatura. —enuncia solemnemente— Encantado de conocerlo.

—Un placer, doctor. Esta es mi mujer, Mariela, la madre de la criatura. Futura criatura. Sergio ríe nerviosamente mientras el médico posa su mirada sobre los ojos de Mariela. —¿Nos conocemos? —pregunta, intrigado.

—Sí. —responde Mariela rauda. Instantáneamente se arrepiente e intenta rectificar— Digo no. No nos conocemos— Respira hondo. La mueca de extrañeza del imponente doctor la inquieta— Me pareció que… me recordaba a… pero no… no es…

—¿A quién, amor? —intercede Sergio sin comprender.

—No, a nadie. Una *false memory*. —Mariela fuerza una sonrisa.

Los tres asienten por compromiso. Se quedan quietos durante un segundo que a Mariela le pareció una eternidad. "Es él. Estoy segura", se repetía a sí misma.

—¿Vamos? —El médico marcó el camino con su afilada mano hacia la consulta número cuatro— Es un procedimiento rápido. Puede esperar aquí afuera. —Explicó a Sergio, que ya sabía cómo iba la intervención.

Mariela camina tras el médico a lo largo de un extendido pasillo blanco decorado con carteles de embriones, fetos, bebés recién nacidos, familias felices, mujeres embarazadísimas. "A lo mejor Sergio tiene razón", se dijo para aliviar su conciencia. "Ha pasado un mes y aquí sigue". Intenta colocar todas las piezas del puzle. Un golpe seco la devuelve a la realidad. Está en un cubículo estéril, de techos altos, paredes muy lisas, perfectamente pintadas de blanco nuclear y la puerta cerrada. A la izquierda, el escritorio, coronado con una gran pantalla con el símbolo de una manzanita mordisqueada y muchos papeles con un desorden aparentemente ordenado. A la derecha, un biombo de tela también blanca. En frente, un gran sillón ginecológico, acompañado de una máquina para realizar ecografías y una mesa llena de utensilios metálicos, muchos de ellos punzantes. Pegado a la esquina izquierda del fondo, una encimera en forma de ele con armarios arriba y abajo de un color blanco roto. Sobre la encimera hay tubitos de laboratorio, botes de químicos que desconoce y máquinas cuyo uso ignora. Todo es muy blanco. Todo está muy tranquilo. Demasiado tranquilo. De pronto, Mariela se percata de que está sola. "¿Dónde está la persona ayudante?" Se pregunta. Mira discretamente de lado a lado. Dos puertas. Cerradas. No hay ventanas. "Estoy sola, en una sala estanca, con un violador".

—Debes desnudarte. —cacarea el hombre como un gato vigilando a su presa.

Mariela reacciona defensivamente a tal imperativo. El miedo y la desconfianza son patentes en su cara y su lenguaje no verbal. El hombre advierte su armadura invisible y muestra las palmas de sus grandes manos, posicionándolas a la altura de su cintura. En un tono tranquilizador y reconfortante dice:

—No te preocupes. No hay nada de que asustarse. Es un procedimiento rápido y sencillo, pero debes ponerte esta bata.

Mariela lo sabe. Ha pasado por esto varias veces. Aunque ahora esté en una clínica privada, el procedimiento no debería ser diferente. Se obliga a sí misma a confiar. Lleva años intentando ser madre. Piensa en el dinero que se ha gastado en las consultas, los tratamientos, los medicamentos. Piensa en que están endeudados hasta las cejas. No puede dejar pasar esta oportunidad. Una vez fertilizado el óvulo, disponen de tres a cinco días para que sea implantado en el útero. Hoy es el día cuatro y medio. No puede cancelarlo, ni dejar pasar la oportunidad, aunque ello suponga permitir a un presunto violador penetrar su vagina. "Presunto". La palabra resonó en su pensamiento. "No ha sido detenido". Intenta engañarse a sí misma.

—Ahí está el biombo. Puedes dejar tus cosas en la silla.

Mariela se encamina hacia el biombo, pero antes de esconderse tras él, se gira levemente y pregunta: —¿No tiene un enfermero o una enfermera que le ayude?

El hombre, que había empezado a organizar el material necesario, se aclara la voz con un carraspeo y responde:

—Sí, ahora viene. Está en otra consulta.

La cacería

Sergio mira de lado a lado, arriba y abajo. Las sillas de la sala de espera son incómodas, las más baratas de IKEA. "Para ser una clínica privada, qué poco se gastan en mobiliario", piensa. En la televisión sigue el documental sobre leones. Ahora muestra la cacería. El león, agazapado, se mimetiza con la hierba seca de la sabana. Nada se mueve, ni siquiera las hojas de los pocos árboles dispersos por el horizonte. En el fondo se atisba una figura rayada. Blanca y negra. Una cebra que bebe agua de un pequeño charco algo emponzoñado. En un pestañeo, el león salta de su escondite y muerde ferozmente la yugular de la cebra. La sangre brota como una fuente, tiñendo de carmesí las hojarascas, el charco y los afilados colmillos del felino. En ese instante, entra por la puerta una pareja de policías. "Deben de ser del cuerpo nacional por el uniforme que llevan" conjetura Sergio. Preguntan algo a la recepcionista que se resguarda tras el alto mostrador. Sergio no llega a escuchar el nombre completo de la persona que buscan. El ruido del tráfico mezclado con el siseo del aire acondicionado y la narración a lo Morgan Freeman del documental empantana sus oídos. La pareja de agentes se dirige pasillo abajo, hacia lo que parece ser la consulta en la que está Mariela. Todo el mundo está expectante. Sergio más que nadie. La señora de la recepción, gordita y bajita, corre tras ellos como un chihuahua persiguiendo a dos pastores alemanes:

—¡No pueden entrar! ¡Está en una intervención!

Ser mamá

La luz blanca de LED ciega a Mariela que cierra los ojos e intenta relajarse. Siente un pinchazo, luego frío, a pesar de hacer una temperatura agradable en la consulta. Intenta no tiritar y no tirita porque no puede moverse. "¿Qué está pasando? ¿Por qué no puedo mantenerme despierta?" Un profundo sueño se apodera de su conciencia. Escucha a lo lejos:

—Veintiún segundos. Veintiún segundos para ser mamá.

55,5 kilos, 250 metros, 21 segundos

He estado aprendiendo sobre física. Según las fórmulas matemáticas, un objeto de unos 55,5 kilogramos tarda unos veintiún segundos en estamparse contra el suelo en caída libre desde unos 250 metros de altura. La torre más alta de Madrid mide casi 250 metros. La Torre de Cristal: un mastodóntico corta vientos de frágiles vidrios que en su seno alberga uno de los jardines más altos de Europa. Oh, querido diario, cuánto quisiera enredarme en sus enredaderas y pincharme con sus cactus. Cuánto quisiera subir a lo más alto, desgarrar mis heridas con sus cristales y respirar aire contaminado. Cuánto quisiera dejar que la gravedad me acune y ser devorada por el agujero negro que es asfalto.

Veintiún segundos, querido diario. Veintiún segundos es todo lo que se necesita para crear una vida… o para destruirla.

Irene Rodríguez Rodríguez

Sabiduría en sobres

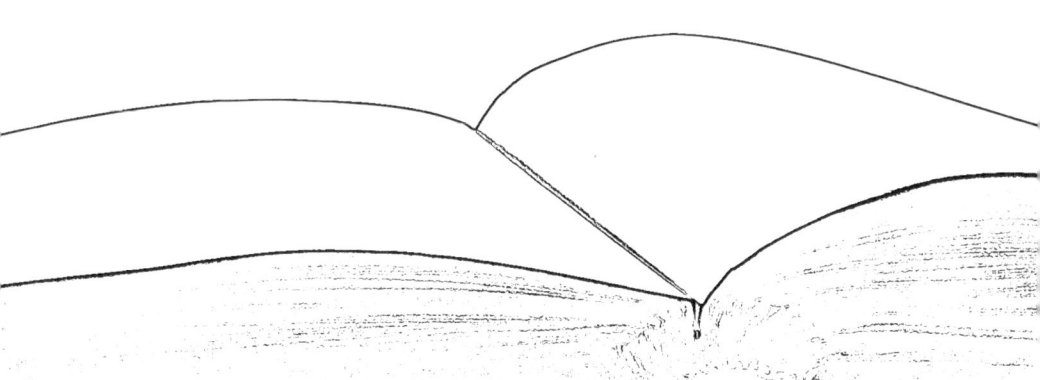

Sabiduría en sobres

Me levanto como cada mañana después de que la alarma del móvil suena por sexta vez. La apago a desgana y me quejo por el sonido que emite: un gallo cacareando que resulta demasiado estridente. Cambio de despertador cada semana porque escuché en un podcast de *mindfulness* y *wellness* holístico que hacer este pequeño acto cada mañana reactiva la motivación para enfrentarse a nuevos retos. "Bastante motivación tenía al salir de la cama y dirigirme a la cocina", pienso mientras intento deshacerme del dichoso eco que retumba en mi cabeza: "Vuelve a la cama". Me dirijo a la cocina, que es a la vez salón, y me quedo quieta mirando encorvada el interior del armario-despensa con la boca semiabierta y algo babeante, sin saber muy bien qué desayunar. Un café con leche y un cigarro siempre es una buena opción, al menos no es una bebida energética. De repente, caigo en la cuenta de que no me queda tabaco. Como si fuese una corriente de aire, la energía que tenía en reposo cuando me levanté de la cama se activa; me pongo el pantalón de chándal encima del de pijama, una sudadera sobre la camiseta y salgo de casa despavorida. Bajo tan rápido que mis piernas parecen espirales, como en *Mortadelo y Filemón*. Ningún libro de autoayuda ni ninguno de sus trucos de pensamiento mágico me darían semejantes ganas de enfocarme en algo como la golosa adicción a la nicotina. Ese hábito tan insalubre como glamuroso. Aún recuerdo el halo de misterio gótico que sentía cuando fumaba en la entrada del instituto. Ahora apenas bajo tres tramos de escaleras sin toser, escupiendo la mitad de mis bronquios. Ya corro hacia el bar *Primos González 2*, donde Manolo, que no sé si es uno de los primos, siempre enciende mi máquina expendedora de confianza.

Me invade un desasosiego abrumador cuando pulso el botón de la marca que acostumbro a fumar y no queda. "Tan pronto y ya se han terminado. ¡Menudo país de adictos!, no hay dinero para nada, pero para vicios, sí", le digo a Manolo entre resoplidos y gruñidos. Finalmente compro otra marca porque si no me tendría que conformar con medio desayuno. Decido tomarme el café en el bar porque recuerdo que mi cafetera italiana lleva varios días en el fregadero y se quedará otro día más. Le pido a Manolo el cortado y espero distraída, zambulléndome en los pitidos y las luces de la máquina tragaperras, hipnotizada por los ojos enajenados de la sirena y los piratas, hasta que él interrumpe mi trance sirviéndome lo que he pedido. Todavía sigo irritada por la ausencia del tabaco que me gusta y no paro de mascullar, incluso cuando estoy echándole el sobre de azúcar al café. Estaba a punto, a puntísimo, de arrugarlo con desprecio y dejarlo tirado en el platito, con el destino seguro de transformarse en una materia pastosa de café y papel, cuando las letras rojas y enormes que ahí estaban escritas me iluminan el rostro.

La Madre Tierra es amplia y sus ríos y aguas son numerosos
Gengis Kan

Vaya. Era una frase sin florituras y concisa, pero había penetrado en lo más profundo de mi conciencia cual cuchillo clavado en carne fresca. Gengis Kan, menudo nombre. Seguro que fue un guía espiritual de la antigua India cuyas teorías y pensamientos sobre el alma humana movilizaron a las masas, llevándolas al camino de la paz interior y el yoga, o algo así. Estoy convencida de que era un hombre ataráxico y pacífico. Revuelvo el café de manera autómata, casi centrifugándolo. Esa frase no deja de repetirse en mi cabeza, al igual que el eco que me incita a meterme en la cama. No me podía creer que hubiese sido tan banal, dejándome arrastrar por pensamientos mundanos y terrenales, atormentándome por el absurdo hecho de que no quedaba el tabaco que siempre compro. Y así soy con todo: pequeños eventos o acciones pueden llevar mi ánimo a los derroteros más catastrofistas posibles. Tras beberme el café de un sorbo, dejo las monedas sobre la barra y salgo a fumarme lo que queda de desayuno.

Decido dar un paseo sin rumbo para rumiar todo lo sucedido. Me siento más reflexiva y contemplativa de lo normal y empiezo a pensar en que quizá debería ser más resiliente. Tanta actitud arisca y desidia solo puede conducir a la atracción de malas energías o a un ataque cardíaco. Paseo y disfruto un poco más del mero acto de caminar. Veo las hojas de los árboles moverse al son del viento e incluso escucho pajarillos piando, como si no estuviese en la ciudad. Este ambiente bucólico se ve interrumpido por el no muy dulce sonido del martillo demoledor de las obras de la carretera. Doy un suspiro y cuando estoy a punto de levantar un lado de mi labio superior y de poner los ojos en blanco, vuelve a resonar el eco en mi cabeza: "La Tierra es enorme y con montones de ríos", creo que era así. Doy la última calada y tiro el cigarro a la acera. Una señora me grita "¡cochina!" y yo estoy en el límite de responderle algo relacionado con su edad, por supuesto, de forma despectiva, pero el eco resuena más fuerte que mi agresividad. Me disculpo y recojo la colilla, aunque no quiero meterla en el bolsillo porque luego desprende un hedor a cenicero mojado. Sigo caminando hasta que avisto una papelera. Perfecto, puedo realizar una buena acción que repercutirá en una concatenación de consecuencias positivas para mi persona, equilibrando de este modo mi camino en este inestable, pero vasto mundo. "La Madre Tierra es enorme y...". Piso una deposición canina, que es la forma más técnica y sutil de llamar a la boñiga de perro. Me siento en un banco y empiezo a inspirar y expirar de la manera más rítmica que puedo, aunque nunca he tenido ritmo ni he sentido ganas de tenerlo, pero hoy es diferente, hoy tengo ganas de vivir en armonía con todo lo que me ofrece el universo. Me enciendo un cigarro en el banco y sigo pensando en que yo me autoboicoteo constantemente, que eso no es una manera sana de vivir. Todo cambiará a partir de ahora y ningún martillo demoledor ni ninguna boñiga podrán nublar mi vista, y estoy dispuesta a tener una visión más amplia del mundo y de sus posibilidades. Me levanto del banco cuando termino de fumar y sigo caminando durante casi tres horas, pensando en lo fantástica que es la existencia de la naturaleza y del abismo. Entonces caigo en la cuenta de que aún llevo el pijama, por lo que debo estar oliendo mal. Voy a sacar el paquete de tabaco del bolsillo, pero, para mí desgracia, no está. Ahora sí que se empieza a nublar mi vista, mi camino y todos los vestigios ancestrales que iban a marcar mi destino a partir de hoy. Camino pisando fuerte y con el ceño tan apretado que se podría pasar una tarjeta por el surco de mi frente. Entro en el primer bar que veo y, sin saludar a los camareros, voy directamente hacia la máquina de tabaco. No me lo puedo terminar de creer. Tampoco tienen la marca que fumo. "¡Es que en este país todos fumamos los mismos cigarros! Mi madre, vaya país de viciosos. De verdad, qué lástima y qué asco", digo entre gruñidos. Decido pedir otro cortado. Me siento en la barra mientras espero al café procurando que toda esta exacerbación se transforme en apatía. Me sirven el café y, cuando termino de echar el azúcar, leo la frase que pone en el sobre, en letras azules y minúsculas:

No hay ningún viento favorable para el que no sabe a qué puerto se dirige.
Arthur Schopenhauer

Schopenhauer, menudo nombre. Seguro que no era una persona muy ataráxica.

Autorías

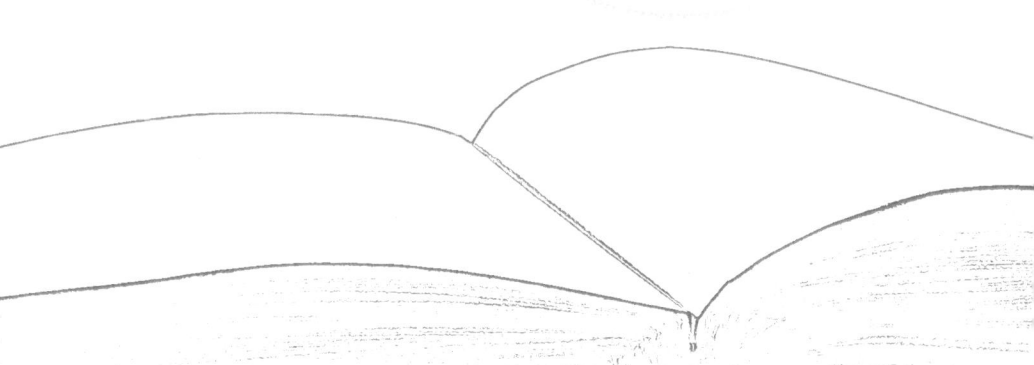

Autorías

RAÚL QUESADA CABRERA

Primer premio

Raúl Quesada Cabrera es Investigador *Beatriz Galindo Senior* en la Facultad de Ciencias del Mar en la Universidad de Las Palmas de Gran Canaria desde 2021. Obtuvo su doctorado en Química en UCL (University College London, 2009), Reino Unido, donde mantiene vinculación como Investigador Honorífico. Además, Raúl ha trabajado como investigador asociado en varias instituciones europeas, incluyendo el sincrotrón europeo (ESRF) en Grenoble, Francia, y la Universidad Queen's University Belfast, en Irlanda del Norte. Hasta la fecha, su trabajo ha dado lugar a numerosos artículos científicos publicados en revistas internacionales, además de artículos de opinión, actas de congresos y capítulos de libros. Este premio de relatos cortos *El Pensador* supone su primera publicación de literatura creativa. Durante su carrera científica, Raúl ha participado en numerosas iniciativas de comunicación de la ciencia, entre otras la prestigiosa Exhibición de Verano de la Royal Society en Londres, y ha recibido premios en colaboración con artistas en exhibiciones de arte moderno, como el Festival Bside en la Isla de Portland, Reino Unido.

IRENE MARÍA SÁNCHEZ SÁNCHEZ
Segundo premio

Irene María Sánchez Sánchez es investigadora y actualmente se encuentra realizando su tesis doctoral bajo la cotutela de la Universidad de Las Palmas de Gran Canaria y la Universidad Nacional de La Plata. Su trabajo se centra en el análisis y estudio de la representación de la violación en el teatro español y argentino contemporáneo. Su interés por la creación literaria se manifestó durante la adolescencia, mostrando una clara predilección por las artes escénicas. Ha trabajado en diversos ámbitos del teatro, desde la dirección hasta la actuación, pasando por diferentes roles técnicos. Además, ha realizado cursos de escritura dramática, tanto en España como en Argentina, impartidos por dramaturgos y dramaturgas residentes del Centro Dramático Nacional, así como con el grancanario, Luis O'Malley y la argentina, Adriana Grinberg. En su escritura, busca fusionar el arte con la militancia feminista, abogando por los derechos de las mujeres y la erradicación de la violencia, a través de textos de denuncia que promuevan el cambio social.

IRENE RODRÍGUEZ RODRÍGUEZ
Primer accésit

Irene Rodríguez Rodríguez es graduada en Comunicación Audiovisual por la Universidad Rey Juan Carlos y en el Máster en Información Digital. Especialidad en Buscadores: Marketing Online (SEM) y Posicionamiento web (SEO) por la Universitat Pompeu Fabra.

Actualmente estudia el Máster en Cultura Audiovisual y Literaria de la ULPGC. Desde niña ha participado en concursos literarios, habiendo obtenido algunos premios. Destacamos su último relato corto titulado *Dónde está mi mascarilla,* publicado en la revista digital *Diversas.*

F1-2

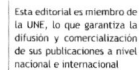